FOLIO
JUNIOR

Le papier de cet ouvrage est composé de fibres naturelles, renouvelables,
recyclables et fabriquées à partir de bois provenant de forêts plantées
et cultivées expressément pour la fabrication de la pâte à papier.

Mise en pages : Karine Benoit

Loi n° 49-956 du 16 juillet 1949
sur les publications destinées à la jeunesse
ISBN : 978-2-07-062225-2
Numéro d'édition : 615458
Premier dépôt légal dans la même collection : septembre 2008
Dépôt légal : juillet 2023

Imprimé en Espagne chez Novoprint (Barcelone)

Claude Roy

Le chat qui parlait malgré lui

Illustrations d'Élisa Géhin

Gallimard

Cette   eté
histoire   écrite
(vraie) a   avec la
permission de son héros
le chat Gaspard Mac Kitycat
pour tous les enfants et pour
tous les chats qui voudront bien la lire.
Mais elle est dédiée d'abord aux enfants et aux chats
qui m'ont instruit sur la pensée chat et la langue chat,
c'est-à-dire (à tout seigneur tout honneur)
lord Gaspard Mac Kitycat,
quatorzième duc de Garth, ainsi
qu'à Garth, Thomas, Gaspard et
Tristram Bowden, et aux chats et
chattes qui furent ou sont nos com-
pagnons : Minna et Myrna sans oublier
Mi-Fou, Médor, Malice et Gricha, Macha   Mi-
et Matchek de Patte, Chamichat de Valérie   nou de
Gallimard, Bérénice de Bianciotti, Laetitia de   Oudot
Rinaldi, Tigre d'Alari, Iris de Joannou, Mouflette de
Flon, Nérou d'Osspoff, Cléo de Rolin, Nounou de
Fauché ainsi qu'à Justine Laurent, petite chatte
qui fait semblant d'être une petite fille.
Je les remer-   de leur collaboration
cie tous   et de leur aide.
Claude
Roy

Un jour, Gaspard Mac Kitycat, le cher ami chat de Thomas, se mit à parler. Cela arriva très simplement. Gaspard était d'origine écossaise par son père, un célèbre chat de la race des Anglais bleus, qui sont gris comme leur nom ne l'indique pas et qu'on appelle en France des chats des chartreux. Tristram Mac Kitycat, treizième duc de Garth (une vieille famille d'Écosse), avait eu le coup de foudre pour une adorable Française, une chatte grise des chartreux nommée Mou-flette de Vaneau, baronne Flon. (Elle était la descendante d'un chat du train des équipages de la Grande Armée, le fameux Flonflon. Ce capi-taine chat avait été nommé baron d'Empire par

Napoléon Ier lui-même, sur le champ de bataille d'Austerlitz. Cet honneur le récompensait d'avoir débarrassé le maréchal Murat des souris qui dévoraient les fourgons d'avoine de sa cavalerie.) De l'union heureuse de lord Tristram et de la baronne Flon étaient nés quatre chatons de bonne race. Gaspard Mac Kitycat, destiné à devenir plus tard le quatorzième duc de Garth, était l'aîné. Ses intimes l'appelaient Gaspard. Gaspard était un brave garçon de chat gris des chartreux. Les personnes étourdies disaient : « C'est un chat gris souris », quoiqu'il soit assez mal élevé de comparer un chat à une souris.

Gaspard aimait beaucoup beaucoup flairer-mordre-mâcher-mâchouiller-manger les herbes qui poussent dans le fond du jardin.

Un matin, comme tous les matins, Gaspard prit son petit déjeuner avec Thomas. Quand celui-ci partit pour l'école, Gaspard l'accompagna jusqu'à la porte et lui dit « Au revoir ! » comme d'habitude, avec un petit miaou et un gros ronron. Gaspard jouissait de la réputation chez les chats d'avoir une très belle voix. Les personnes humaines avaient sur ce sujet des avis partagés. Thomas trouvait que Gaspard miaulait à merveille, et que la musique de ses miaous était un délice. Le père de Gaspard, quand il lisait son journal et que Gaspard réclamait son dîner en miaulant, disait : « Ce chat a la voix d'une porte qui grince. » Mais Thomas défendait toujours Gaspard quand on disait du mal de lui. Même quand il était encore tout petit, Thomas s'était toujours très bien conduit avec Gaspard. Il ne lui avait jamais tiré la queue ni les moustaches, il ne l'avait jamais caressé à rebrousse-poil. Il lui donnait à manger, il lui parlait avec respect et douceur. En un mot, il traitait son chat comme s'il était une personne, et son meilleur ami.

Ce matin-là, donc, après le départ de Thomas, Gaspard alla dans le fond du jardin et se mit à flairer-mâcher-mâchouiller-manger des herbes. Il y en avait une qu'il n'avait jamais rencontrée et qui semblait avoir très bon goût. Gaspard la flaira, la mâcha, la mâchouilla et finalement la mangea. En avalant l'herbe, il se sentit traversé par une espèce d'électricité bizarre, qui passait de sa bouche à son estomac. Une seconde plus tard un papillon voleta près de ses moustaches et Gaspard, pendant qu'il sautait pour l'attraper, entendit une petite voix qui ressemblait au son d'un petit violon de poupée. Cette petite voix disait : « Toi, mon vieux, si je t'attrape, je te mange ! »

« Qui a parlé ? » se dit Gaspard en regardant autour de lui. Il ne vit personne, mais il entendit une petite voix prononcer tout haut ce qu'il avait pensé tout bas : « Qui a parlé ? »

« Personne n'a parlé, puisqu'il n'y a personne », se dit Gaspard. Et au même instant il entendit la petite voix, qui ressemblait au son d'un tout petit violon de poupée. La petite voix disait : « Personne n'a parlé puisqu'il n'y a personne. »

« Ça a l'air logique, se dit Gaspard. Personne n'a parlé puisqu'il n'y a personne que moi, puisque je suis un chat et puisque les chats ne parlent pas. Mais j'ai pourtant entendu quelqu'un dire : "Personne n'a parlé puisqu'il n'y a personne." C'est donc qu'il y avait quelqu'un. Car d'habitude il n'y a pas de parole sans quelqu'un qui parle. »

Pendant qu'il était en train de se dire tout ça, Gaspard entendait une petite voix, qui ressemblait au son d'un petit violon de poupée. Cette petite voix disait : « Ça a l'air logique. Personne n'a parlé puisqu'il n'y a personne que moi, puisque je suis un chat et que les chats ne parlent pas. Mais j'ai pourtant entendu quelqu'un dire : "Personne n'a parlé puisqu'il n'y a personne." C'est donc qu'il y avait quelqu'un. Car d'habitude il n'y a pas de parole sans quelqu'un qui parle. »

En entendant ces mots Gaspard eut soudain l'impression qu'une ampoule électrique de 500 watts s'allumait dans sa tête. « J'ai une illumination », se dit-il.

L'illumination de Gaspard illuminait cette idée très simple : « Si quelqu'un parle et qu'il n'y a personne que moi, c'est donc que quelqu'un parle et que ce quelqu'un *c'est moi* ! »

« Il faut que j'en aie le cœur net », se dit Gaspard.

Il regarda autour de lui ce qui l'entourait. Il y avait tout près une fleur rouge avec un pistil noir et jaune. Gaspard la regarda attentivement. Ses lèvres se mirent à remuer et il entendit distinctement une petite voix, qui ressemblait au son d'un petit violon de poupée. La petite voix disait : « Coquelicot. »

Un insecte blond avec une toute petite taille et six pattes venait de se poser sur le coquelicot. Gaspard fixa avec soin la bestiole. Ses lèvres se mirent à remuer et il entendit la petite voix qui disait : « Abeille. »

« Ma parole ! pensa Gaspard, il m'arrive une drôle d'aventure : je suis un chat, mais cette herbe que j'ai mangée m'a donné la parole. »

En découvrant qu'il pouvait parler, Gaspard ressentit d'abord un sentiment qu'il n'avait jamais éprouvé jusque-là. Ça ressemblait un peu à ce qui lui arrivait quand il réussissait à attraper un papillon qui vole très haut avec de très grandes ailes, ou à capturer un lézard très rapide et très malin, ou à se mettre sous la dent une souris d'un certain âge et pleine d'expérience et d'astuce, ou à sauter sur la table quand les personnes ont le dos tourné et réussir à emporter une tranche de rôti avant que l'on s'en soit aperçu et que l'on ait crié : « Sale chat, vilain voleur ! » Gaspard était content

de lui. Il pensait : « Il y a de quoi être fier. Je suis le premier chat au monde capable de parler ! »

Là-dessus Gaspard décida de réfléchir un peu. Il prit naturellement la position que les chats trouvent la meilleure pour réfléchir tranquillement. Ils sont assis sur leurs pattes soigneusement repliées sous leur fourrure, les yeux mi-clos, les oreilles bien droites et les moustaches au guet, et ils réfléchissent jusqu'à la pointe de leurs moustaches.

Deux minutes de réflexion suffirent à Gaspard pour conclure qu'il était, en effet, le premier chat au monde capable de parler, mais qu'il n'y avait pourtant pas de quoi être tellement fier.

Qu'est-ce qui allait lui arriver maintenant ? Dès qu'on s'apercevrait dans son entourage que Gaspard était le premier chat au monde capable de parler, il était sûr et certain qu'il n'aurait plus une minute de tranquillité.

Or Gaspard, raisonnable comme presque tous les chats, n'aimait rien davantage que d'être tranquille dans la vie.

Toutes les personnes qui ont étudié le caractère des chats savent que les chats se moquent bien d'être riches ou puissants ou considérés. Il n'y a aucun chat de compétition. Les chats ne font jamais de courses ou de concours pour être les premiers. Les chats n'ont jamais envie de faire fortune ou de faire les malins, même s'il leur arrive d'être contents d'avoir beaucoup à manger dans leur écuelle ou d'être fiers parce qu'ils ont réussi à sauter d'une fenêtre sur une persienne et de la persienne sur le toit. Les chats ne cherchent jamais à être inscrits au tableau d'honneur, et quand on les trimbale dans une cage à une exposition de chats de race, qu'on leur décerne des diplômes et leur attache le ruban du premier prix autour du cou, ils s'ennuient, bâillent et trouvent toute cette agitation stupide. On n'a aucun exemple de chat qui ait brigué une décoration, essayé d'obtenir de l'avancement ou présenté sa candidature à une assemblée, une académie ou une présidence.

Les chats ne sont ni modestes ni orgueilleux : ils préfèrent simplement faire tout tranquillement ce qui leur plaît. Ils aiment se promener en roulant les épaules sous leur fourrure quand ils ont envie de se promener. Ils aiment dormir au coin du feu quand il fait froid et dormir au frais sur le carreau de la cuisine quand il fait très chaud. Ils aiment ronronner sur les genoux d'une personne quand ça leur chante, et ils se sauvent quand une personne indiscrète manifeste le besoin de les caresser et qu'ils n'en ont aucune envie.

« Si les personnes découvrent que je suis le premier chat au monde capable de parler, pensa Gaspard, elles vont s'occuper de moi beaucoup plus que je ne pourrai le supporter. »

L'idée qu'on allait l'entourer et l'interroger, l'examiner et l'interviewer, lui faire passer des tests et le soumettre à des tas d'analyses, l'obliger à assister à des réunions scientifiques, à des congrès, des colloques, des tables rondes, des assemblées, des séminaires, qu'il allait être obligé de répondre à des enquêtes et des questionnaires, de présider des cérémonies et des remises de récompenses, tout cela rendit Gaspard profondément triste. Il se voyait entouré de savants qui l'examineraient sur toutes les coutures, qui lui diraient : « Ouvrez la bouche et dites Ah. » Ils étudieraient son larynx à la radio, lui introduiraient des tas d'instruments dans le corps. « C'est sûr, dès que les personnes auront découvert que je parle, on va m'envoyer à l'école, m'obliger à apprendre à lire et à écrire, me faire faire des études. J'aurai des leçons à apprendre, des devoirs à faire. Comme je serai le seul chat savant à l'école, tout le monde me regardera et mes camarades les petites personnes me feront des misères. Et ensuite, quand j'aurai été reçu au baccalauréat, je devine trop bien qu'ils voudront me faire continuer mes études. Il faudra que j'aille à l'université ! »

À l'idée de tout ce qui l'attendait, Gaspard fut si triste qu'il se mit à pleurer. Il pleurait à la manière chat. Les chats-chagrins ne versent pas de larmes, mais dodelinent tout triste-doux de la tête. Gaspard aurait voulu pouvoir encore miauler triste-doux. Hélas, depuis qu'il était un chat qui parle, même le chagrin ne lui inspirait plus ces miaulements gémissants, qui exaspèrent les personnes mais, tout de même, soulagent un chat qui a de la peine. Il lui venait seulement des exclamations de désespoir, comme : « Quel malheur ! Qu'est-ce que je vais devenir ? » Il poussa même une fois une exclamation qui l'étonna lui-même : « Qu'est-ce que j'ai fait au bon Dieu pour mériter ça ! » (C'était en fait une phrase qu'il avait souvent entendu dire par la maman de Thomas quand celui-ci faisait des bêtises : « Qu'est-ce que j'ai fait au bon Dieu pour mériter d'avoir un garnement pareil ! »)

Gaspard s'était caché dans le buisson de groseilliers au fond du jardin pour être tranquille avec son chagrin quand il entendit venir sur le mur mitoyen la chatte de la maison à côté, une petite tigrée. Minna-la-Minnie (c'est son nom) avait senti la présence de son ami Gaspard caché dans les groseilliers. Elle avança vers lui et lui dit aimablement bonjour en langue chat, c'est-à-dire qu'elle avança gracieusement en se faisant velours-caresse et en faisant à l'intérieur la bouilloire d'eau qui se met à chantonner, rrm-rrm-rrm. Gaspard ne savait pas où se mettre. Il avait un air penaud et les oreilles de travers. Minna s'inquiéta de voir si piteux son ami le matou joyeux. Elle leva ses sourcils de chatte et agita ses moustaches radar, ce qui est la façon des chats de demander : « Qu'est-ce que tu as ? »

Avant d'avoir pu se retenir, Gaspard répondit :
« Ma pauvre Minna, je suis bien malheureux. »

En entendant cette petite voix invisible qui prononçait des mots-paroles de vraie personne, des mots qui ressemblaient au son d'un tout petit violon de poupée, Minna-la-Minnie fut frappée de terreur. Elle hérissa ses poils, gonfla sa queue en forme de rince-bouteilles, fit le gros dos, cracha-éternua trois fois, regarda autour d'elle pour savoir qui avait parlé et bondit comme une chatte à ressort pour aller se réfugier dans la maison, sur le toit de la grosse armoire de la cuisine. Le triste Gaspard se retrouva tout seul, abandonné par son amie chatte, et le cœur si gros, si gros qu'il étouffait.

Il poussa un gros soupir et dit :

> *Quel embarras ! Quelle aventure !*
> *Moitié chat et moitié personne.*
> *Je suis chat – voyez ma fourrure,*
> *mais j'ai la parole d'un homme.*
>
> *Suis-je personne, ou suis-je chat ?*
> *Sans être vraiment un vrai homme.*

Je fais peur à mes frères chats
et à ma voix chacun s'étonne.

Je fais fuir mon amie Minna,
Minna-la-Minnie qui m'aima.

Mais que va penser mon ami Thomas
en entendant parler son chat?

Quel malheur! Quel triste destin!
Je suis un pauvre chat-chagrin.

En entendant ce qu'il venait de dire, Gaspard sursauta : « Mais, ma parole (ma parole, oui, c'est le cas de le dire), mais, ma parole, voilà-t-y pas que je parle en vers ? Il ne manquait plus que ça ! J'avais déjà assez de soucis. Si par-dessus le marché me voilà poète, je ne suis pas au bout de mes peines ! »

Mais l'inspiration possédait Gaspard malgré lui et il se remit à parler d'une voix un peu poétique :

Je me tourmente et me désole.
Pourquoi se faire remarquer?

Ai-je demandé la parole ?
Pour vivre heureux, vivons caché.

Chat qui parle a cœur à l'envers.
Mais où donc ai-je été chercher
cette idée de parler en vers ?
Pour vivre heureux, vivons caché.

« Ce qui est bien dans cette poésie-là, se dit Gaspard, c'est ce qu'ils appellent le refrain : *Pour vivre heureux, vivons caché.* Sans me vanter, c'est une trouvaille…

« Mais, reprit-il, il n'y a pas de quoi faire le malin parce que je trouve de jolis vers ! Cette histoire d'être un chat qui parle me promettait déjà assez de tracas ! Si par-dessus le marché me voilà poète, ça va être encore pire. »

Gaspard se voyait obligé non seulement de parler, mais en plus d'être poète, de vivre avec une muse couronnée de lauriers qui l'assommerait en jouant du luth toute la nuit. S'il était un poète, il faudrait recevoir les journalistes, être interviewé à la radio, répondre à mille lettres par jour, passer à la télévision, faire des conférences, participer à des colloques. S'il était poète maudit, il faudrait mourir de faim, boire trop d'absinthe, coucher sous les ponts et à la fin mourir à l'hôpital. De toute façon, le métier de poète, c'est une vie de chien pour un chat.

Accablé par tout ce qui lui arrivait d'un seul coup, Gaspard résolut de se cacher jusqu'à ce que Thomas soit revenu de l'école et qu'il ait pu l'aborder en tête à tête. Il monta au grenier, s'installa sur un vieux fauteuil défoncé qu'il aimait beaucoup. Les émotions et les chocs l'avaient épuisé. Il s'endormit profondément.

Pendant son sommeil, les souris du grenier s'étonnèrent d'entendre leur vieil ennemi parler à voix haute en rêvant. Gaspard répétait dans son cauchemar : « Je ne veux pas parler... Ah ! quel malheur ! Quel malheur ! Je refuse la parole... »

« Gaspard est devenu fou », disaient les souris en hochant la tête.

Il était déjà tard dans l'après-midi quand Gaspard se réveilla. Il alla écouter en haut de l'escalier les bruits de la maison. Thomas devait être dans sa chambre, en train de faire ses devoirs (ou de lire *Lucky Luke*). La route semblait libre. Avec précaution, Gaspard se faufila jusqu'à la porte de Thomas et gratta doucement. Son ami vint lui ouvrir, le prit dans ses bras et lui frotta doucement le crâne : c'était une caresse que d'ordinaire Gaspard appréciait beaucoup. Mais Gaspard secoua impatiemment la tête. Il avait d'autres chats à fouetter que de se faire caresser par Thomas.

– Tu ne veux pas ronronner ? dit Thomas étonné. Est-ce que tu serais de mauvais poil ?

– J'ai à te parler sérieusement, dit Gaspard.

Thomas regarda autour de lui mais ne vit rien qui puisse lui expliquer ce qu'il était sûr pourtant d'avoir entendu. Quelqu'un avait dit : « J'ai à te parler sérieusement. » Quelqu'un avait parlé. Mais Thomas ne voyait personne.

– Il y a quelqu'un ? demanda-t-il.

– Moi, dit Gaspard d'un ton furieux.

Depuis le matin, sa voix s'était affermie.

Elle ne ressemblait plus du tout au son d'un petit violon de poupée. C'était une voix bien posée, assez claire, une voix jeune, mais que l'inquiétude et l'impatience rendaient un peu nerveuse.

– Qui a parlé ? dit Thomas.

– Je te dis que c'est moi !

Thomas posa Gaspard sur la table et le regarda les yeux dans les yeux.

– Je n'aime pas qu'on se moque de moi ! dit-il d'un ton furieux.

Il se dit qu'il avait peut-être laissé son transistor allumé et vérifia le bouton du poste. Mais celui-ci était fermé.

– Tu vois bien que c'est moi ! reprit Gaspard, impatienté.

Thomas voyait distinctement les lèvres de son chat qui remuaient.

– Répète ce que tu as dit.

– Je te dis que c'est moi, dit Gaspard avec agacement (en prose) pour continuer (en vers) :

> Je ne sais plus où me mettre.
> Je ne sais plus si je suis chat.
> J'avais si peur que mon maître
> en m'entendant se fâchât,
> car depuis que le monde est monde
> la parole est donnée à l'homme
> et depuis que la terre est ronde
> le silence est donné au chat
> et aucun chat n'est une personne.

– Qui t'a donné à apprendre cette récitation ? demanda Thomas étonné d'entendre une *poésie* sortir de la bouche de son chat.

– Ce n'est pas une récitation, dit Gaspard modestement. C'est moi qui viens de l'inventer.

– Parce que non seulement tu parles, mais tu parles en vers ?

– Un malheur ne vient jamais seul, dit Gaspard.

– Asseyons-nous et parlons tranquillement, dit Thomas.

Thomas s'installa dans sa chaise et Gaspard s'installa sur la table.

– Raconte-moi ce qui est arrivé.

Gaspard raconta tout à Thomas, depuis le commencement : l'herbe bizarre qu'il avait mangée dans le fond du jardin, les premiers mots qu'il avait prononcés, l'effet que cela lui avait fait d'être le premier chat au monde doué de la parole, sa rencontre avec Minna-la-Minnie, son chagrin en découvrant que les siens le repoussaient.

– Je comprends que tu sois peiné de l'attitude de Minna-la-Minnie, dit Thomas après avoir écouté le récit de son ami. Mais il me semble que tu ne te rends pas compte de ce qu'a de formidable l'aventure qui t'arrive. Tu es un cas exceptionnel. Tu vas connaître la gloire et la fortune. Dans un sens, être le premier chat au monde doué de la parole, c'est encore plus fort que d'être le premier homme à marcher sur la lune. Tu vas pouvoir servir la science comme aucun chat n'a pu le faire depuis les origines de la vie !

Gaspard rétorqua qu'il redoutait justement la gloire et tout ce qui le sortirait de sa condition de chat, un chat obscur mais très heureux. Il avait grand-peur que, sous prétexte de lui faire servir la science, la science se serve de lui.

– C'est très beau de *servir la science*, dit-il avec la sagacité d'un vieux chat échaudé (quoique Gaspard soit un chat très jeune). Mais servir la science consiste trop souvent à satisfaire les caprices d'un savant un peu maniaque, ou à lui servir d'instrument obscur pour se faire décerner un jour le prix Nobel.

Thomas objecta à la méfiance de Gaspard que des zones immenses du monde chat étaient encore des terres inconnues.

– Est-ce que tu te rends compte que personne jusqu'à présent n'a su exactement ce qui se passait dans la tête des chats et que, grâce à toi, on va pouvoir enfin le savoir ?

Gaspard fut indigné de cette proposition de Thomas.

– Ne compte pas sur moi pour trahir le peuple chat et pour révéler aux personnes ce qui se passe dans nos têtes. D'abord parce que les personnes qui en sont dignes, comme toi, savent parfaitement comprendre les chats, comme les chats savent les comprendre. Les autres, ceux qui disent que les chats sont hypocrites, diaboliques, dissimulés, capricieux, indifférents, enfin les imbéciles qui pratiquent le racisme antichat, ceux-là, il n'y a aucun besoin de leur expliquer ce qui se passe dans la tête des chats, et ça ne servirait à rien.

– Bon, concéda Thomas. Je veux bien que la célébrité te soit indifférente, que tu te méfies de certains savants, et que tu ne veuilles pas devenir l'interprète officiel du peuple chat, son intermédiaire avec le monde des personnes. Mais tout de même, la fortune ne te serait peut-être pas si désagréable ? En tant que chat qui parle, tu peux gagner autant que tu veux, faire du cinéma, des tournées, de la télévision, que sais-je ?… de la publicité, même !

– Tu me connais, répliqua Gaspard d'un ton un peu affligé, et tu connais les chats. As-tu jamais rencontré un chat qui soit *intéressé* ? As-tu jamais vu un chat qui ait des besoins d'argent ? La preuve, c'est qu'il y a des chats de toutes les couleurs, des chats gris, bleus, noirs, verts, roux, etc., qu'il y a des chats à poils longs et des chats à poils courts, des chats avec une queue et des qui n'en ont pas, mais je te défie de trouver un chat avec des poches.

Thomas s'excusa : Gaspard l'avait mal compris.

– Je sais bien, dit Thomas, que l'argent ne t'a jamais intéressé. Mais je sais aussi que les gens qui disent que les chats sont égoïstes se trompent. Quand j'ai froid, tu viens sur moi pour me réchauffer. Quand je suis triste, tu fais des cabrioles pour me faire rire. Quand tu attrapes une souris, tu penses à moi tout de suite, et viens me l'apporter. C'est pourquoi je pensais que si tu pouvais devenir riche, tu le ferais, pour pouvoir offrir à Minna-la-Minnie ou à moi tout ce qui pourrait nous faire plaisir.

– Je sais, répondit Gaspard, que ce qui vous fait plaisir, c'est notre amitié. Crois-moi, Thomas : les plus beaux cadeaux du monde ne valent pas un ami fidèle. Tu sais bien que je n'ai pas le tempérament d'un chat homme d'affaires, que je serais incapable de m'occuper de problèmes financiers. Je suis déjà assez malheureux de ce qui m'arrive. S'il fallait en plus que je sois couvert de millions, ce serait la fin de tout !

Tout en parlant, et pensant de nouveau à sa situation, à ce maudit don de la parole dont il était affligé depuis le matin, la queue de Gaspard s'agita de désespoir. Il fut secoué de larmes, et une poésie triste comme un chat perdu enfermé dans une cage à la fourrière s'exhala de ses lèvres. C'était une poésie entrecoupée de sanglots, comme on va le voir :

Je suis un chat ma
un chat vraiment ma
un chat malheureux

J'ai le cœur qui cha
j'ai le cœur qui cha
le cœur qui chavire

Je suis un chat mi
un pauvre chat mi
un chat misérable

En voyant pleurer son ami chat, Thomas avait lui aussi envie de pleurer. Mais il retint ses larmes en se disant qu'il y avait sûrement mieux à faire qu'à gémir.

– Réfléchissons… dit-il.

« Il y a une solution très simple, reprit-il au bout d'un moment : il suffit que tu te taises, et personne ne s'apercevra que tu peux parler.

– C'est facile à dire, répondit Gaspard. Mais depuis ce matin, depuis que je sais parler, je me suis aperçu que la parole, c'est comme un oiseau : on croit la prendre, et elle vous échappe. C'est ce que vous, les personnes, vous appelez *penser tout haut*. Une idée vous traverse la tête, et crac ! on n'a pas eu le temps de dire ouf ! que les mots pour la dire sont déjà sortis de nos lèvres. Se taire quand tu ne sais pas parler, rien de plus facile. Mais empêcher les mots d'aller plus vite que toi, ça c'est une autre affaire !

Thomas avoua que c'était vrai.

– Je pourrais te mettre une muselière et dire que tu es devenu un chat méchant, méchant comme un chien méchant. On mettrait une pancarte à l'entrée de la maison : « Attention ! chat méchant. » Mais ce serait évidemment très désagréable pour toi.

– Il n'en est pas question ! dit Gaspard indigné à cette idée. En plus, si j'avais une muselière, je ne pourrais plus faire mon travail qui est d'attraper les souris, les mouches, les lézards…

– … et les oiseaux ! murmura Thomas, qui reprochait toujours à son cher ami chat son goût excessif pour les moineaux, les chardonnerets et les pinsons.

– Personne n'est parfait ! dit sèchement le chat.

Gaspard n'aimait pas ce genre de reproches. Il trouvait terriblement injuste que les personnes, installées à table en train de manger un poulet rôti, osent pousser des cris indignés en le regardant croquer un oiseau.

Thomas et Gaspard tournèrent et retournèrent le problème : comment s'arranger pour que les personnes, surtout les grandes personnes, ne s'aperçoivent pas que Gaspard était devenu un chat parleur ?

Ils ne trouvaient pas de solution, et ils restèrent un long moment abattus et tristes.

– Écoute, dit Thomas, nous n'allons pas rester comme ça à nous lamenter. Il y a ce soir un cirque. Je t'y emmène. Ça nous distraira, et pendant ce temps mes parents et les autres personnes ne s'occuperont pas de nous, et on ne s'apercevra pas que mon cher ami chat est devenu chat parleur.

– Je n'ai pas la tête à m'amuser, dit Gaspard lugubrement.

– Allons, allons ! le gronda Thomas. Tu sais très bien que lorsque je t'emmène au cinéma ou au spectacle, tu finis toujours par t'amuser.

– Le cinéma, d'accord, dit Gaspard. Mais le cirque…

Il est vrai que Gaspard aimait beaucoup aller au cinéma avec Thomas. Ce qu'il préférait, c'étaient les dessins animés. La souris Mickey était un de ses acteurs favoris. Mais au cirque, il n'aimait pas beaucoup les numéros de dompteurs. Il reprochait aux tigres dressés de manquer de dignité. Il disait que, même très grand, très fort et très rayé, un gros chat ne devait pas accepter de marcher sur un tonneau, de sauter dans un cerceau ou de faire de la corde raide.

– Il n'y a pas de tigres au cirque de ce soir, dit Thomas, qui devinait les pensées de son cher ami chat. Ne discute pas. Je t'emmène. Ça te changera les idées.

La soirée au cirque ne changea pas seulement les idées noires de Thomas et de son ami Chat. Elle leur donna une idée. On va voir que c'était une idée mirobolante.

Pendant les jours qui suivirent, le papa de Thomas s'étonnait en rentrant du travail d'entendre son petit garçon qui parlait tout seul, enfermé dans sa chambre.

– Mais qu'a donc cet enfant à se barricader et à marmonner tout seul ? demandait-il à la maman de Thomas.

– Il a vu au cirque un ventriloque qui faisait parler une marionnette. Ce ventriloque est paraît-il extraordinaire. Il parle sans remuer les lèvres et on a l'impression que c'est la poupée qui est sur ses genoux qui parle. Thomas et Gaspard ont été enthousiasmés par son numéro. Maintenant, quand on demande à Thomas ce qu'il veut faire quand il sera grand, il répond : « Je veux devenir ventriloque. »

— Pourquoi pas ? dit le papa de Thomas, qui avait l'esprit ouvert et les idées larges.

Il trouvait assez stupide cette façon qu'ont les grandes personnes qui ne savent pas quoi dire aux enfants de leur demander : « Qu'est-ce que tu veux faire quand tu seras grand ? » Le père de Thomas disait que ces grandes personnes-là mériteraient que les enfants demandent à leur tour : « Et vous qu'est-ce que vous voulez faire quand vous serez vieux ? »

— Maintenant, poursuivit la maman, tous les après-midi, au retour de l'école, Thomas s'entraîne à devenir ventriloque.

— Et qu'a donc le cher ami chat de Thomas à se promener avec ce foulard autour du museau ? demanda le papa de Thomas.

— Gaspard a mal aux dents. Thomas lui a mis ce foulard pour l'empêcher d'attraper une fluxion.

– Mon pauvre Gaspard, dit le papa, tu as vraiment un gentil ami.

Gaspard poussa un grognement-grondement approbateur, tellement clair que le papa de Thomas dit :

– Ce chat est vraiment intelligent. Il ne lui manque que la parole.

Le papa de Thomas crut entendre une voix qui disait : « Même pas. »

– Tu as parlé ? demanda-t-il à sa femme.

– Moi ? Je n'ai rien dit, répondit la maman de Thomas.

– J'avais cru entendre quelque chose, dit le papa de Thomas. Mais j'ai dû avoir la berlue.

Chaque soir, au dîner, le papa de Thomas demandait à son petit garçon :

– Alors, est-ce que tu fais des progrès comme ventriloque ?

– C'est difficile, mais ça vient. Il faut encore que je travaille beaucoup.

Le papa de Thomas était fier du sérieux de son fils. La maman se demandait seulement si ventriloque est un métier d'avenir.

– Il n'y a pas de sot métier, disait le papa. Et je

trouve même, ajoutait-il, qu'être un vrai ventriloque c'est un très beau métier. Il y a tellement de gens qui sont ventriloques sans le savoir, qui répètent ce que d'autres ont dit sans même s'en apercevoir ! Ils croient parler, mais ils ne font que répéter les paroles des autres. Un vrai ventriloque au contraire me semble une excellente chose.

– Tu as peut-être raison, dit la maman de Thomas. N'empêche qu'il n'y a jamais eu de ventriloque dans la famille. Ça me fait un drôle d'effet de penser que notre fils veut devenir un artiste, et un artiste spécial dans une spécialité vraiment spéciale.

Mais le papa de Thomas pensait qu'il vaut mieux être un bon ventriloque que, par exemple, un mauvais garagiste ou un mauvais banquier. Ce qui est sûrement vrai.

Pendant quelques jours, Gaspard se montra peu. Il venait à la cuisine manger la pâtée dans son écuelle et retournait vite au grenier.

– Il va mieux, mais il a encore mal aux dents, expliquait Thomas.

Un matin, Thomas annonça à ses parents qu'il commençait à faire des progrès.

– Il faut nous faire voir ce que tu sais faire, dit son papa à Thomas.

– D'accord, dit celui-ci. Est-ce que vous me permettez d'aller chercher mon cher ami chat pour qu'il assiste aussi à la démonstration ?

– Mais Gaspard est malade ? dit la maman.

– Il est tout à fait guéri maintenant.

Thomas alla chercher Gaspard qui vint s'asseoir dans le salon pour le regarder faire le ventriloque.

Le papa de Thomas, la maman de Thomas, la nounou de Thomas, la cuisinière et le jardinier s'installèrent sur des chaises pour regarder.

– Mesdames et messieurs, commença Thomas, je vais avoir l'honneur de vous faire assister à une représentation de ventriloquie. Est-ce qu'il y aurait dans l'assistance un chat qui accepterait de monter sur la scène ?

Personne ne répondit. Thomas insista :

– Je vois au second rang un spectateur chat. Allons, monsieur, n'ayez pas peur, avancez…

Gaspard, qui semblait médusé, ne bougea pas.

– Pourquoi hésitez-vous ? demanda Thomas.

À la grande surprise des assistants on entendit le chat Gaspard répondre distinctement:

– C'est que j'ai le trac!

Un murmure d'étonnement monta de l'assistance.

– Il n'y a pas de quoi, monsieur. Je ne vous mangerai pas...

Thomas s'avança vers Gaspard, lui prit gentiment la patte et le guida vers le tabouret du piano sur lequel il l'installa.

– Puis-je vous demander votre nom, monsieur?

– Gaspard Mac Kitycat, répondit le chat.

– Vous me permettez de vous appeler Gaspard. Quel est votre âge, monsieur Gaspard?

– Deux ans.

– Vous avez un bien élégant manteau de fourrure gris, monsieur Gaspard.

Le cher ami chat eut une expression modeste mais assurée et répondit:

Je tiens ce joli manteau gris
de mon cher père et de ma mère.
J'ai un excellent pedigree,
le poil gris, les yeux jaune-vert.

– Mais ce sont des vers ! s'écria le papa de Thomas. Une poésie !

– Pouvez-vous expliquer à l'assistance ce que c'est qu'un pedigree ? demanda Thomas à Gaspard.

– Le pedigree, qui se prononce *pedigri*…

– … et qui rime avec *gris*, murmura le papa de Thomas.

– … le pedigree, poursuivit Gaspard, c'est l'état civil des chats de race, leur acte de naissance.

– Je vois que vous êtes un chat de bonne famille, dit Thomas.

– Et j'ai eu la chance d'être adopté à l'âge de deux mois par des personnes qui sont également d'excellente famille.

Les parents de Thomas se sentirent doucement flattés par cette remarque.

Thomas reprit :

– Que faites-vous dans la vie, monsieur Gaspard ?

Gaspard se recueillit un instant, puis commença :

Je joue aux jeux que jouent les chats,
chat perché et chat et souris.
Je saute et fais des entrechats
et dans mes moustaches je ris.

Je chasse mouches et mulots,
je cours après les papillons,
je n'aime pas aller dans l'eau
mais j'aime attraper les grillons.

Je ronronne sous les caresses,
je mordille quand on me chatouille
mais je griffe quand on me blesse
et je m'enfuis si on me mouille.

Je suis caoutchouc et ressort,
je suis nerfs, peluche et velours.
Mes ennemis je griffe et mords,
les amis, patte de velours :
je suis le chat.

– Bravo ! Bravo ! cria le public en applaudissant très fort.

Gaspard sauta du tabouret et alla serrer la main à Thomas en disant :

– Je suis fier d'avoir un maître qui est devenu un si bon ventriloque.

Le papa de Thomas, la maman de Thomas, la nounou de Thomas, la cuisinière et le jardinier s'empressèrent autour de lui en disant :

– C'est un numéro extraordinaire ! On jurerait que c'est le chat Gaspard qui parle !

Et, pour terminer la démonstration, on entendit Gaspard qui disait d'un ton modeste :

– Bien entendu, c'est Thomas qui fait semblant de me faire parler. Avez-vous jamais vu un chat doué de la parole ?

– Et par-dessus le marché, un chat qui invente des poésies ! ajouta le papa de Thomas.

Tout le monde était vraiment content.

Gaspard n'était pas le moins heureux.

« Grâce à notre ruse, personne ne s'apercevra maintenant que je parle, pensait-il. Pour vivre heureux, vivons caché. »

La vie reprit comme à l'habitude dans la maison de Thomas et de son cher ami chat. De temps en temps, pour amuser son entourage, Thomas faisait de petites démonstrations de son talent de ventriloque. On entendait par exemple Gaspard, auquel on venait de servir son déjeuner, s'écrier d'un ton pincé : « Je ne sais pas à quoi pensait la cuisinière, mais ma pâtée est diablement salée ! » Ou bien quand le papa de Thomas allumait sa pipe, Gaspard murmurait dans son coin :

Ne pipons pas si papa
en fumant sa pipe
nous enfume de sa fumée.
La pipe de papa n'est pas parfumée.

Mais personne ne pipe
quand il nous faut humer
la fumée de papa qui tirant sur sa pipe
enfume sa famille de tabac en fumée.

Tant pis ! Tant pipe !

Thomas n'aimait pas tellement ce genre de plaisanterie. Il fit des reproches à Gaspard.

— N'oublie pas que quand tu parles, tout le monde croit que c'est moi. Si tu dis des malices, ou des bêtises, c'est sur moi que ça retombera. J'ai manigancé toute cette histoire de ventri-loquie pour te rendre service, afin que tu ne te fasses pas remarquer. Mais si le résultat c'est que je me fais gronder à ta place, merci beaucoup !

— Tu as raison, dit Gaspard, mais tu me connais. Je n'ai jamais pu cacher ma façon de penser. Avant d'être devenu chat parleur, quand une personne que je n'aimais pas voulait me caresser, je baissais les oreilles, j'agitais ma queue comme un fouet et je grondais en sourdine. Si ensuite la personne recevait un bon coup de griffes, elle ne pouvait pas se plaindre de ne pas avoir été

prévenue ! Je n'ai jamais réussi à dissimuler. Et depuis que je parle, je me suis aperçu que je n'arrive pas à garder ma langue dans ma poche, comme disent les personnes. D'ailleurs je ne vois pas comment je pourrais avoir ma langue dans ma poche, étant donné que je n'ai pas de poches !

– Essaie tout de même de te retenir et de ne pas dire n'importe quoi ni tout ce qui te passe par la tête, lui conseilla Thomas.

– Je te promets d'essayer, dit Gaspard.

Il essaya peut-être. Mais, comme on va le voir, la réussite fut loin d'être parfaite.

Il y eut d'abord l'incident de la visite de Mme Tétu. Celle-ci était venue prendre le thé au jardin avec la maman de Thomas. Mme Tétu portait ce jour-là (comme d'ailleurs tous les jours) un chapeau décoré de fruits et de fleurs artificielles, avec des cerises et des framboises en plastique, du lilas et des roses en taffetas, un bouquet de fausses violettes en madapolam et un oiseau de paradis.

Mme Tétu était en train de papoter avec la maman de Thomas. Celui-ci jouait au croquet avec Gaspard sur la pelouse voisine, quand les deux dames entendirent une voix qui disait :

Que porte-t-elle sur la tête ?
Est-ce un verger ? Est-ce un jardin ?
Un potager plein de fleurettes ?
Est-ce un repas pour les serins ?

Mme Tétu porte ce chapeau
parce que n'ayant rien dans la tête,
elle essaie de cacher son air bête
avec des fruits, des fleurs et un oiseau.

Devant tant d'insolence, Mme Tétu faillit s'étrangler avec le gâteau sec qu'elle était en train de croquer.

– Qu'est-ce que j'ai entendu ?

La maman de Thomas était devenue aussi rouge qu'une des cerises du chapeau de Mme Tétu. Elle ne savait que répondre.

Quant à Thomas, il aurait voulu trouver un trou de souris, se faire tout petit et s'y cacher.

– Thomas s'exerce pour devenir ventriloque, essaya d'expliquer la maman.

– Ce n'est pas une raison pour me dire des sottises, dit Mme Tétu sur un ton furieux.

– Vous avez dû mal entendre, dit la maman. N'est-ce pas, Thomas ? Qu'as-tu dit ?

Thomas jeta un coup d'œil affolé à Gaspard, qui comprit son erreur et entreprit de la réparer.

On entendit en effet une voix très douce qui disait :

– Bien entendu, je peux répéter ce que je viens de dire. J'ai dit :

> *Que porte-t-elle sur la tête ?*
> *Le plus élégant des chapeaux.*
> *Ce chapeau a un air de fête,*
> *il chante gai comme un oiseau.*

> *Mme Tétu a un beau chapeau*
> *devant lequel chacun s'arrête.*
> *Voici des fruits, des fleurs et un oiseau.*
> *C'est un chapeau qui fait la fête.*

– Vous voyez, dit la maman de Thomas, ce n'était qu'un malentendu !

– En effet, dit Mme Tétu. J'avais très mal entendu. Il faudra que j'aille consulter mon médecin. Il me semble que j'entends de plus en plus de travers.

Gaspard avait pris sa mine de chattemite.

Thomas le regarda, l'air de dire à son cher ami chat : « Ouf ! Nous revenons de loin. Mais ne recommence pas ! »

Hélas, trois fois et cinq fois hélas ! Gaspard recommença.

Il y eut d'abord le soir où le pharmacien était venu dîner avec la pharmacienne. Elle raconta au dessert que sa chatte attendait des petits.

– J'en ai promis un au docteur et l'autre au boulanger, qui est infesté de souris, dit-elle.

– Et que comptez-vous faire des autres ? demanda la maman de Thomas.

– Je les donnerai au meunier, pour qu'il les noie. On ne peut pas garder toutes ces bêtes.

On entendit un rugissement de colère sous la table et une voix qui gronda :

– Cela s'appelle meurtre avec préméditation ! Vous êtes des assassins !

Le papa de Thomas fronça les sourcils :

– Veux-tu te taire, Thomas !

La femme du pharmacien s'étonna :

– Cet enfant n'a rien dit. C'est quelqu'un d'autre sous la table.

Le pharmacien regarda sous la nappe :

– Il n'y a personne, que votre chat.

La maman de Thomas expliqua que leur fils était devenu ventriloque et que, depuis quelque temps, il était coutumier de ce genre de farce. Il fallait l'excuser. Thomas avait bon cœur, et ne pouvait pas supporter qu'on fasse du mal aux bêtes.

– C'est pour leur bien, dit le pharmacien. Si on laissait les animaux se reproduire sans arrêt, on ne pourrait plus les nourrir tous.

La voix sous la table protesta avec véhémence :

– D'abord ce n'est pas vrai. Avec tout ce que vous jetez dans vos poubelles, on pourrait nourrir des millions de petits chats ! Et ensuite les dictateurs qui font la guerre et tuent des milliers de personnes pourraient expliquer, eux aussi, que s'ils massacrent des gens, c'est pour leur bien, et que si on laissait les personnes se reproduire sans arrêt, on ne pourrait plus nourrir les habitants de la terre.

— Thomas, cria son père, les enfants ne doivent pas discuter tout le temps !

— Pourquoi les enfants n'auraient-ils pas le droit de discuter avec les grandes personnes ? reprit la voix. Les grandes personnes ont bien le droit de discuter avec les enfants.

— Veux-tu te taire ! dit le papa de Thomas, furieux.

Les invités roulaient des yeux ronds, parce qu'ils ne voyaient pas remuer les lèvres de Thomas, mais qu'on le grondait quand même pour avoir parlé. Ils trouvaient cette famille très bizarre.

Le chat qui était sous la table en sortit et s'éloigna en haussant les épaules d'un air furieux.

Les grandes personnes changèrent de sujet de conversation et Thomas resta le nez dans son assiette.

Quand il se retrouva seul le soir avec son cher ami chat, Thomas n'eut pas le courage de faire des reproches à Gaspard :

— Je comprends que tu aies été indigné, lui dit-il. Il est probable qu'à ta place, je n'aurais pas pu non plus me contenir. Mais tout de même, fais attention ! Si tu continues, nous allons avoir des ennuis !

Gaspard promit de ne pas recommencer…

– Mais quand j'entends des choses comme ça, dit-il, j'ai du mal à retenir ma langue.

– Retiens-la quand même, conseilla Thomas.

Il y eut un autre incident un jour où Mme Michel (qu'on appelait dans le quartier la mère Michel) était venue à la cuisine emprunter à la cuisinière sa moulinette électrique.

La mère Michel était vraiment une dame très méchante. Elle avait eu un chat très aimable, qui était l'ami de Gaspard. Comme elle trouvait que ce chat mangeait trop et lui coûtait cher, elle s'était arrangée pour perdre ce chat. Comme elle était aussi très hypocrite, elle avait essayé de faire croire que le chat s'était perdu tout seul et elle disait à tout le monde qu'elle serait très heureuse si on le lui rendait. Mais Gaspard savait bien que c'était un mensonge et il pleurait la perte du pauvre chat de la mère Michel qui avait perdu son chat.

La mère Michel était par-dessus le marché la plus mauvaise langue du pays. Elle n'arrêtait pas de colporter du mal sur tout le voisinage, de dire qu'un tel était un vieux grigou, qu'une telle se tenait mal, que la voisine écoutait aux portes, et que son mari aimait trop la bouteille, etc., etc.

Pendant que la mère Michel cassait les oreilles de la cuisinière, Thomas était en train de goûter et Gaspard buvait son lait de quatre heures. Mais les discours empoisonnés de la mère Michel leur tapaient sur les nerfs. Quand l'amère-commère-vipère-sorcière entreprit de déblatérer sur Marie, la jolie vendeuse du crémier, qui donnait toujours à Gaspard, quand il allait la voir, un petit morceau de gruyère et un câlin-grattouillis sous le cou, le noble chat sentit l'indignation bouillir en lui comme la lave d'un volcan. Il est vrai que Marie sourit à qui lui sourit, qu'elle fait les yeux gentils à qui lui fait les yeux doux. Mais de là à l'accuser, comme le faisait la mère Michel, de se conduire mal, il y a tout de même une marge ! Gaspard n'y tint plus. La méchante commère s'arrêta interloquée en entendant une voix venue d'on ne savait où, qui chantait la *Chanson des mauvaises langues* :

Ma langue n'a pas sa pareille
pour empoisonner le pays.
Je vous le confie à l'oreille,
savez-vous ce qu'a fait Marie ?

Savez-vous ci, savez-vous ça,
et patati et patata
méchanceti-méchanceta :
on me l'a dit et je médis.

On a vu Marie embrasser Henri,
on a vu Marie parler à Romain,
on a vu Marie sourire à Rémi,
on a vu Gaston lui tenir la main.

Marie a fait ci, Marie a fait ça,
et patati et patata
piquepic et piquons du bec
Quel tort a Marie
d'être trop jolie !

Je l'ai raconté au maçon
qui l'a redit à l'épicière.
Ne vous fiez pas à ses façons
et méfiez-vous de ses manières !

On m'a dit ci, on m'a dit ça,
et patati et patata
méchanceti-méchanceta :
on me l'a dit et je médis.

J'en ai encore appris de belles !
Marie a fait ça, Marie a fait ci.
Connaissez-vous la nouvelle ?
Savez-vous ce que j'ai appris ?

Calomnie-ci, racontar-là,
et patati et patata
méchanceti-méchanceta :
on me l'a dit et je médis.
Quel tort a Marie
d'être trop jolie !

– Ça alors ! s'écria la mère Michel qui regardait autour d'elle en cherchant d'où pouvait bien venir cette chanson.

– Ça alors ! dit la cuisinière.

– Qu'est-ce que c'est que ces façons ? dit la mère Michel. Qui a parlé ? Qui ose se moquer de moi sous mon nez ?

Gaspard s'était assis sur une chaise près de la cheminée et se tenait coi. Thomas essayait de s'empêcher de rire. Il s'était arrêté de manger son pain avec son chocolat.

– Vous avez entendu ? demanda la mère Michel à la cuisinière.

– J'ai entendu et je n'ai pas entendu, dit celle-ci prudemment.

La cuisinière savait très bien que Thomas avait appris à être ventriloque. Mais elle n'avait pas l'intention de le révéler à la mère Michel. Elle pensait que celle-ci avait bien mérité de recevoir une bonne leçon. Elle chercha une explication qui pourrait calmer la mère Michel.

– Ça doit venir de la radio d'à côté, dit-elle sans grande conviction.

– Mais on entendait tout comme si ça venait de la cuisine même ! dit l'amère-commère-vipère-sorcière.

– On a cette impression parce que le son arrive à travers la cheminée.

– Ça alors ! dit la mère Michel.

– Alors, ça... dit la cuisinière.

La mère Michel s'en alla en grommelant.

Quand elle fut partie, la cuisinière se mit à rire à gorge déployée mais gronda tout de même un peu Thomas :

– C'est vrai que la mère Michel est une vieille poison, et que la chanson que tu as faite sur elle est une chanson qu'elle a bien méritée. Mais si tu continues à jouer des tours comme celui-là, tu vas nous brouiller avec tout le voisinage.

Gaspard fermait les yeux modestement en écoutant les compliments de la cuisinière sur sa chanson. Ce qui lui faisait le plus plaisir dans sa situation, c'était que ces compliments n'étaient pas simple politesse. Gaspard savourait des éloges qui ne devaient rien à la flatterie ou à l'amitié. Il était sûr qu'on appréciait ses poésies pour elles-mêmes, et pas pour lui faire plaisir. Ce n'est pas le cas de tous les auteurs.

Quant à Thomas, il était tout de même bien embarrassé. Il admirait de plus en plus l'esprit et le talent de son cher ami chat, mais il redoutait des complications. Il n'avait pas tort, comme on va le voir.

Le papa de Thomas avait une très vieille automobile qui, un beau jour, déclara qu'elle était
vraiment trop vieille pour rouler encore. Elle
s'arrêta net et refusa définitivement d'aller plus
loin.

Le lendemain, le papa de Thomas lut dans le
journal une petite annonce : « Voiture à vendre,
état neuf, prix intéressant. » Il téléphona au
numéro qu'indiquait la petite annonce. Le ven-
deur prit rendez-vous avec lui pour lui faire
essayer la voiture.

À l'heure dite, un grand maigre avec des
moustaches noires et un petit gros avec un crâne
comme un œuf sonnèrent à la porte des parents

de Thomas. La cuisinière les fit entrer dans le salon et alla prévenir le papa de Thomas qu'on l'attendait.

Thomas était à l'école et Gaspard dormait sur le canapé du salon. Il ouvrit un œil quand le grand maigre et le petit gros entrèrent dans la pièce. Il trouva que les deux inconnus avaient l'air plutôt patibulaire, et il décida qu'il serait sage de les surveiller en attendant qu'arrive le papa de Thomas. Il referma l'œil et fit semblant de se rendormir.

Le petit gros dit à voix basse au grand maigre :

— Tu es sûr que tu as bien camouflé la voiture ?

— Sûr de sûr. C'est du travail de première classe.

— Le compteur avait tout de même 300 000 kilomètres.

— Je l'ai trafiqué comme il faut.

— Le frein à main ne tenait plus.

— Après ce que je lui ai fait, il peut marcher au moins deux jours.

— Les freins ?

— Je les ai réparés avec du fil de fer. Ils tiendront bien le temps qu'on ait pris le large.

— Et la boîte de vitesses ?

– Je l'ai noyée dans l'huile, elle devrait marcher au moins pendant une semaine.

– Le carter fuyait et perdait de l'huile à inonder le garage.

– Je l'ai colmaté avec du mastic.

– La suspension ?

– Je l'ai rembourrée avec des vieux morceaux de caoutchouc. Elle ne claquera que lorsque nous aurons filé.

– Bon, dit le petit gros. Ça doit marcher.

– Comme sur des roulettes, dit le grand maigre.

Gaspard qui avait l'oreille fine avait entendu la conversation des deux forbans. Il ouvrit un œil pour regarder l'heure à la pendule du salon. Il était quatre heures. Thomas sortait en ce moment de l'école. Il ne serait pas à la maison avant un quart d'heure. À ce moment, le papa de Thomas entra dans le salon.

– Si vous voulez, monsieur, dit le grand maigre, mon associé et moi nous pouvons vous emmener faire un tour dans la voiture pour que vous vous rendiez compte. C'est une conduite intérieure 10 CV Panard, le modèle CT 8, quatre portes, six places, en parfait état.

– Elle a beaucoup roulé ?

– 15 000 kilomètres à peine. C'est une occasion extraordinaire.

– Nous allons voir ça, dit le papa de Thomas.

Les deux individus se levèrent et le papa de Thomas se prépara à les conduire vers la porte d'entrée.

« Il faut à tout prix que je gagne du temps, se dit Gaspard. Il faut tenir jusqu'à l'arrivée de Thomas. »

Pendant ce temps, hélas, Thomas s'était attardé avec des camarades à la sortie de l'école et au lieu de rentrer directement à la maison, il était allé chez l'un de ses amis échanger des timbres pour sa collection.

Gaspard décida d'employer tous les moyens possibles pour retarder le papa de Thomas.

Il imita la sonnerie du téléphone dans la pièce à côté, et la voix de la cuisinière, à la cantonade, qui disait : « Monsieur, monsieur ! on vous demande au téléphone ! »

– Excusez-moi un instant, dit le papa de Thomas.

Il passa dans la pièce à côté. Gaspard avait sauté par la fenêtre, pénétré avant lui dans la pièce et décroché le téléphone.

– Allô ? Allô ? dit le papa de Thomas en prenant l'appareil. C'est drôle, il n'y a personne. On a dû être coupé… Je vais attendre un peu. On va sûrement me rappeler.

Il attendit donc un moment, mais personne ne rappela.

– Je suis à vous, messieurs, dit-il en revenant dans le salon.

« Que faire ? » se demandait Gaspard avec angoisse, voyant que Thomas n'arrivait pas et que les deux escrocs allaient emmener le papa de Thomas.

Il sauta par la fenêtre, se précipita dans l'entrée, ferma à clef la porte qui donnait sur la rue et cacha prestement la clef dans un pot d'azalée.

Quand le papa de Thomas voulut ouvrir la porte, il s'aperçut qu'elle était fermée et que la clef avait disparu.

– Qui est-ce qui a pu toucher à cette clef ? disait-il en maugréant.

Il la chercha partout, dans les tiroirs de la commode, dans le placard du corridor, dans la cuisine, sans réussir à mettre la main dessus.

Il se résolut enfin à faire passer les deux vendeurs d'automobile par une petite porte qui donnait sur une ruelle.

Thomas n'était toujours pas là.

« Tout est perdu ! pensa Gaspard. Le papa de Thomas va acheter la voiture de ces deux filous, il aura un accident, peut-être très grave. Lui, la maman de Thomas et Thomas lui-même risquent d'être blessés ! Je ne peux pas laisser faire ça ! »

Il suivit les trois hommes et sauta le premier dans la voiture quand le grand maigre ouvrit la portière.

— On ne va quand même pas emmener ce chat faire un tour ? dit le petit gros étonné.

— Il aime beaucoup voyager en automobile, dit le papa de Thomas qui était bienveillant et avait les idées larges.

— Dans ces conditions… dit le grand maigre, qui jugea préférable de ne pas contrarier leur client.

La voiture avait un air bien honnête.

La carrosserie avait été repeinte à neuf, les sièges étaient recouverts d'une housse, le tableau de bord et les chromes avaient été astiqués. Elle avait l'air de sortir du Salon de l'automobile. Gaspard se disait qu'il ne faut pas juger les automobiles sur la mine. Cette belle voiture brillante était en réalité un tombeau roulant. Gaspard frémissait de tous ses poils gris à l'idée que si le papa de Thomas l'achetait, ses maîtres pourraient se tuer en y montant.

– Vous voulez conduire ? dit le grand maigre.

Le papa de Thomas prit le volant et mit en marche.

– Vous voyez vous-même, dit le petit gros. Elle a très peu roulé.

D'où venait la voix qui, dans leur dos, s'éleva distinctement ? Elle disait :

Ne compte pas sur le compteur :
il est truqué, c'est un menteur.

Le grand maigre, le petit gros et le papa de Thomas se retournèrent, surpris. Il n'y avait personne dans la voiture, qu'un chat gris assis l'air de rien sous la vitre arrière.

—J'ai cru entendre parler, dit le papa de Thomas.

—Moi aussi, dit le grand maigre. Mais nous avons dû nous tromper.

—Moi aussi, dit le petit gros. Mais c'était sûrement une erreur.

Le papa de Thomas desserra le frein à main, mit la première, démarra et passa les vitesses.

—L'embrayage est tout en douceur, dit le grand maigre. C'est la nouvelle boîte de vitesses Panard, avec supercarter servodémultiplié.

—Avec ça, on passe les vitesses avec un seul doigt, dit le petit gros.

De nouveau la voix s'éleva :

> *Ne la juge pas sur la mine :*
> *cette vieille boîte de vitesses*
> *est une vraie boîte à sardines*
> *qu'on a camouflée sous la graisse.*

Le papa de Thomas arrêta la voiture. Les trois personnes se retournèrent. Il n'y avait pas d'autre

passager qu'eux dans la voiture, sauf un chat gris mine de rien assis sous la vitre arrière.

– Ma parole, dit le grand maigre, j'entends des voix.

– Roulons, roulons, dit le petit gros. Moi, je n'ai rien entendu.

– Il me semble que j'ai entendu quelque chose, dit le papa de Thomas. Mais j'ai dû me tromper…

Ils repartirent. Le grand maigre expliqua :

– Elle consomme très peu d'essence et absolument pas d'huile. C'est une voiture vraiment économique.

La voix dans leur dos reprit, sardonique :

> *On te raconte des histoires.*
> *Elle dévore l'huile et l'essence,*
> *le carter est une vraie passoire.*
> *On abuse de ta confiance !*

– C'est tout de même un peu fort de café ! dit le grand maigre.

– Qui est-ce qui nous fait cette sale blague ? dit le petit gros.

Le papa de Thomas ne dit rien. Mais il était de plus en plus perplexe, et n'en pensait pas moins.

Le grand maigre décida de faire comme s'ils n'avaient rien entendu. Il n'avait pas le choix.

– Vous sentez la suspension ? dit-il au papa de Thomas. Un vrai matelas de plumes.

La voix reprit aussitôt :

Les amortisseurs ont cent ans
et ils ne tiendront pas longtemps !

Le grand maigre et le petit gros se regardèrent en roulant des yeux furieux. Le papa de Thomas commençait à trouver tout ça vraiment bizarre.

Le grand maigre se résolut à jouer le tout pour le tout :

– Quant aux freins, dit-il, c'est ce qu'on fait de mieux. Quatre freins surpuissants électro-commandés à commande servorapide.

La voix, de plus en plus furieuse et martelée, s'éleva encore :

Arrête-toi, vite, et sors !
Ces freins-là sont des assassins,

la voiture un danger de mort
et ces gaillards sont des coquins !

Le ton de la voix était tel que sans chercher davantage à comprendre ce qui se passait, le papa de Thomas arrêta la voiture et descendit. Le chat sauta avec lui sur le trottoir. Le petit gros dit au grand maigre :

– C'est cuit ! Prends le volant, et filons !

Le grand maigre démarra en trombe. Ils n'étaient pas à cent mètres qu'un énorme fracas de ferraille écrasée, d'explosions et de pétarades, de tôles enfoncées et de pare-brise brisé, retentit. La Panard avait volé en éclats, les freins avaient lâché, et la voiture s'en était allée emboutir un feu rouge. Les deux escrocs étaient en train de se dégager des décombres de la voiture. Ils n'étaient pas gravement blessés mais seulement couverts d'estafilades et de contusions.

Thomas à ce moment arrivait au coin de la rue avec son cartable. Il aperçut son père et Gaspard, qui venaient d'assister à l'accident. Un agent de police accourait. En le voyant, les deux larrons essayèrent de s'enfuir.

– Mais je les reconnais à leurs signalements ! s'écria l'agent. Ce sont les chefs du gang des voitures volées.

– Nous l'avons échappé belle ! dit le papa de Thomas à son fils qui les avait rejoints.

L'agent avait passé les menottes aux mains des deux gangsters. Une fumée noire sortait de l'épave de la Panard fracassée.

– Je n'arrive pas à comprendre ce qui s'est passé, expliqua le papa de Thomas. J'étais en train d'essayer cette voiture que deux individus voulaient me vendre. J'ai cru entendre cinq ou six fois une voix qui me mettait en garde. C'était sans doute une hallucination. Mais le fait est que tout ce que la voix avait annoncé s'est révélé, hélas, tout à fait vrai. Si tu avais été avec nous, Thomas, j'aurais pensé que c'était encore un de tes tours de ventriloque. Mais il n'y avait dans la voiture, avec les deux bandits, que ton cher ami chat et moi.

– Gaspard ! s'écria Thomas ému aux larmes, tu as sauvé la vie de mon père ! Comment pourrais-je jamais te remercier de ce que tu as fait là ?

– Je n'ai fait que mon devoir ! répondit Gaspard d'un ton modeste.

– Ciel, notre chat parle ! murmura le papa de Thomas.

– Le moins possible, dit Gaspard, qui poursuivit :

Les bavards sont de sottes gens :
qui parle trop se fait du tort.
La parole est parfois d'argent
mais souvent le silence est d'or.

– Tes paroles, Gaspard, m'ont cependant sauvé d'un terrible danger, dit le papa de Thomas.

Il avait du mal lui aussi à retenir ses larmes.

– Comment pourrai-je dignement t'exprimer ma reconnaissance ?

– C'est très simple, répondit Gaspard. En gardant mon terrible secret. Que personne jamais, en dehors de la famille, ne sache que je suis le premier chat au monde doué de la parole.

– C'est juré, Gaspard ! Viens dans mes bras que je t'embrasse ! Et toi, mon fils, tu nous as trompés. Mais je comprends pourquoi : c'était pour préserver le secret de ton cher ami chat. Embrasse-moi aussi !

Les yeux humides, le père, le fils et le chat s'étreignirent sous les regards des badauds qui s'étaient assemblés pour regarder l'accident.

Les deux voleurs, pris soudain de remords à l'idée du danger qu'ils avaient fait courir à une famille si sympathique, laissaient couler des larmes de honte. L'agent qui les avait arrêtés ne put résister à l'émotion générale. Il se mit à pleurer lui aussi.

Profitant de ce que les yeux des assistants étaient brouillés par les larmes, Gaspard, Thomas et son papa s'éclipsèrent discrètement.

– Pour vivre heureux, vivons caché, chuchota Gaspard.

Dans une petite ville dont je ne vous dirai pas le nom, dans une rue vers laquelle je ne vous conduirai pas, dans une maison dont vous ignorerez le numéro, il y a une famille où vit un garçon qui a déjà bien grandi aujourd'hui. Il s'appelle Thomas et son meilleur ami est un chat gris des chartreux nommé Gaspard Mac Kitycat. Le père de Gaspard, Tristram Mac Kitycat, treizième duc de Garth, est mort récemment dans sa résidence d'Écosse, à un âge déjà avancé pour un chat (l'équivalent pour une personne de quatre-vingt-quinze ans). Lord Tristram était un vieux gentleman très vert, qui jusqu'à ses derniers jours a chassé les souris écossaises et le coq de bruyère. Depuis sa disparition, Gaspard Mac Kitycat a hérité du titre et il est devenu le quatorzième duc de Garth. Mais il est resté simple et modeste. Il a pris seulement, avec les années, un léger embonpoint qui lui donne, sous sa fourrure grise, un sympathique aspect de force et de sagesse. Il est paisible et bienveillant, sachant que sa famille gardera jusqu'à sa fin, qu'on espère très lointaine, un secret dont il put craindre un moment que la révélation n'empoisonnât sa vie. Mais personne autour de Gaspard ne songe à trahir son secret, celui du premier chat au monde à avoir reçu le don de la parole.

Le soir, sous la lampe, quand les portes sont refermées, Thomas, son père et sa mère ont de longues conversations avec Gaspard. Avec les autres personnes le cher ami chat est parvenu à maîtriser ses impulsions. Il se borne à miauler ou à ronronner parfois, malgré la difficulté qu'il a souvent maintenant à parler le langage des chats. Les émotions, les découvertes, les sentiments lui inspirent en effet plus naturellement des mots que des miaulements ou des ronrons. Mais il se domine, de peur de révéler aux étrangers qu'il peut parler un français excellent (et même l'anglais, qu'il s'est mis à apprendre depuis qu'un deuil cruel a fait de lui l'héritier de la fortune et du nom des ducs de Garth).

Gaspard a eu la joie de voir Minna-la-Minnie lui revenir. Il l'a instruite peu à peu. Elle n'est pas parvenue encore à parler vraiment, mais Minna-la-Minnie comprend maintenant la langue chat et la parole humaine. C'est une chatte bilingue. Elle a donné de beaux petits chatons à Gaspard, qui est même devenu plusieurs fois grand-père.

Les conseils de Gaspard, sa riche expérience, son savoir étendu ont été vraiment précieux à son entourage. Si Thomas a été reçu premier au Concours général de philosophie, c'est sûrement parce qu'il avait subi la profonde influence de son cher ami chat. Le sujet de cette année-là proposait aux candidats de commenter une phrase du célèbre penseur Ludwig Karol : « *Les chats sont des philosophes sans le savoir comme les philosophes sont des chats qui le savent.* » Thomas développa dans sa copie la thèse selon laquelle les chats savent très bien qu'ils sont en effet philosophes, mais qu'en revanche les grands philosophes sont en effet souvent aussi subtils, intelligents et ingénieux que les chats, sans toujours savoir qu'ils sont devenus, à force de sagesse et d'intelligence, des chats habillés en hommes.

Le papa de Thomas ne prend jamais de décision importante sans avoir consulté Gaspard. Il a récemment été élu maire. Les habitants sont très contents de la façon dont il administre leur petite ville avec le conseil municipal. Mais avant toutes les réunions, le papa de Thomas discute avec Gaspard des questions concernant la ville. C'est Gaspard qui a eu l'idée d'organiser de façon rationnelle le ramassage des ordures, d'interdire aux autos le centre afin que les gens puissent dormir tranquilles et que les personnes et les chats puissent se promener dans les rues sans avoir peur d'être écrasés. Les habitants disent de leur maire qu'il a le flair, la prudence, l'astuce et la rapidité de décision d'un chat.

La maman de Thomas aime tricoter avec Gaspard installé sur ses genoux. Il lui raconte de

belles histoires, les exploits secrets du peuple chat depuis l'origine du monde. C'est grâce à Gaspard qu'elle a connu la vérité sur l'arche de Noé, qui a été construite à temps pour sauver les vivants du déluge, parce que le chat de M. Noé l'avait prévenu qu'il allait y avoir une inondation. C'est encore Gaspard qui a révélé à Thomas et aux siens que le roi Louis XIV avait un conseiller secret, un très malin Chat botté, qui fut l'ami intime des Trois Mousquetaires. C'est le Chat botté qui dessina les plans du château de Versailles. Il inventa également la chatière, pour permettre aux chats d'aller et de venir tranquillement dans le château. C'est un chat encore qui permit, en 1944, le débarquement allié en Normandie. Ce chat français, qui rôdait sur les côtes sans se faire remarquer des Allemands, avait repéré toutes les fortifications du Mur de l'Atlantique. Quand les soldats débarquèrent, il alla sur les plages sous le feu de l'ennemi et donna aux Alliés les plans des défenses allemandes, permettant ainsi le succès du débarquement. Après la victoire, on voulut décorer ce chat héroïque. Mais, comme tous les chats, il était très modeste. Pour refuser la décoration qu'il avait pourtant bien méritée, il prétexta que cela lui ferait mal de se voir épingler une médaille sur sa fourrure.

J'ai rencontré Gaspard il y a quelque temps dans la famille de Thomas, qui m'avait invité à faire sa connaissance. Nous avons parlé toute une soirée. J'ai été émerveillé de son savoir et de sa sagacité. J'ai osé lui poser une question qui me brûle la langue depuis longtemps, lorsque je rencontre un chat.

– Quand la parole vous est venue, ai-je dit à Gaspard, vous avez déclaré que vous étiez le premier chat au monde doué de la parole. Est-ce que vous n'avez pas dit cela pour préserver le grand secret des chats ?

Gaspard a souri dans ses moustaches.

– Vous avez donc deviné ! a-t-il murmuré.

Amis lecteurs, ne le répétez surtout pas. Mais Gaspard m'a dit toute la vérité.

Le secret des secrets, c'est que tous les chats parlent. Les uns parlent dès leur naissance. D'autres parlent plus tard, comme Gaspard, quand le temps est venu pour eux d'avoir des choses utiles et importantes à dire, à ce moment de leur vie où il ne leur manque plus rien, même pas la parole.

Oui, tous les chats parlent. Mais ils sont trop sages et trop avisés pour le laisser voir. Trop prudents et modestes pour nous le laisser savoir.

Ils parlent – mais quand nous ne sommes pas là.

Aussi est-il rare, vraiment très rare, que les chats jugent un être humain digne qu'on lui adresse la parole, comme ce fut le cas de Thomas le jour où Gaspard, son cher ami chat, se mit à parler.

J'ai demandé à Gaspard de me donner la permission d'écrire son histoire. Il me l'a accordée, à condition que je ne prononce pas le nom de la ville où il vit. Il veut rester ignoré et en paix.

Il m'a prié de bien expliquer à la fin de l'histoire que ceux qui se conduisent très bien avec les chats, ne leur tirent jamais la queue ni les moustaches, les caressent dans le bon sens du poil, leur parlent avec respect et douceur, leur donnent à manger, les laissent libres d'aller et venir sans les tracasser, ceux-là peuvent, un jour, avoir la chance d'entendre enfin leur chat leur parler.

– C'est vrai ? ai-je demandé à Gaspard.

– Je vous en donne ma parole, m'a-t-il répondu.

Claude Roy

L'auteur

Claude Roy est né à Paris le 28 août 1915. Il passe son enfance à Jarnac, puis revient à Paris et commence des études de droit. Pendant la guerre, il adhère à une organisation de Résistance et rencontre Aragon, Elsa Triolet, Gide et Giraudoux. À la Libération, il est l'un des intellectuels les plus connus de France.

Poète, romancier, essayiste, journaliste et voyageur, il ne considère pas qu'un écrivain doit parler aux enfants comme à des « demeurés » et parler aux adultes comme s'ils avaient assassiné en eux leur enfance. Gallimard a publié l'ensemble de son œuvre « pour grandes personnes » et Gallimard Jeunesse publie ses œuvres pour les lecteurs de 4 à 104 ans : *La maison qui s'envole, Désiré Bienvenu* (Folio Junior), *La Cour de récréation, Farandoles et fariboles* (Enfance en poésie). Auteur « classique » puisqu'on apprend en classe ses poèmes, il est néanmoins pratiqué en récréation par ses jeunes lecteurs.

En 1985 l'académie Goncourt lui a décerné le premier prix Goncourt-Poésie et, en 1995, il a reçu le prix Guillaume Apollinaire pour l'ensemble de son œuvre.

Claude Roy est mort le 13 décembre 1997.

Du même auteur chez Gallimard Jeunesse

Élisa Géhin

L'illustratrice

Élisa Géhin est née en 1984 sur une vieille montagne pleine de sapins, en haut à gauche. Passée par l'école Estienne, puis par les Arts décoratifs de Strasbourg, elle vit maintenant quelque part dans Paris. Elle travaille pour l'édition, la presse, et embrasse le Collectif Troglodyte.